文芸社セレクション

戦争は知らないけれど

多麻田 真代

TAMATA MAYO

文芸社

戦争は知らないけれど

目次

一　出生

「繫はん、産婆さんまだでっかあ？　もう産まれそうでっせ!!」

「多津ちゃんに呼びに行ってもろてまんねんけど、遅おますなあ。待たなしゃあおまへんなあ。」

「あ～、どないしょう、破水してしもた。継代ちゃん、もうちょっと辛抱できるか？　あ～、頭、出て来たで。」

　母の姉、基子の動転、狼狽におかまいなく母のお腹から赤ん坊はつるりと出てきてしまった。母の内股を蹴りながら『はよ何とかしてえな』と言わんばかりに産声を上げている。

　それから二十分もしてから水をかぶったように大汗をかき、肩で息をしながら産婆が到着した。

「あれ～、早々と産まれはったんやなぁ。初産やさかいまだまだ時間かかると思てましたんやけど。真夏で良かったですなぁ。元気なお嬢ちゃんですわ。」

と言いながら後産の始末をし、産湯を使わせて産婆は帰って行った。

戦後三年目の八月の終わり、母の姉、基子が営む料理屋の二階で私はこうして産まれた。

店の近くには元堂島米取引所の跡地を進駐軍が接収し、拘置所が置かれていた。また、四ツ橋筋に面して建つ毎日新聞社の外壁に残る空襲で受けた弾痕が、敗戦とアメリカによる占領を物語っていた。

父、繫は二十歳で海軍に徴兵された。兵役期間二年の陸軍を希望したが、召集されたのは三年は帰れない海軍だった。江田島での厳しい新兵訓練を受けた後配属されたのは、重油を運ぶ特務鑑だった。一九四一（S16）年日本に重油を運ぶためアメリカに行った。

入隊前の仕事で得た写真の技術が買われ、開戦前のハワイやアメリカ西海岸の写真をたくさん撮っていた。

後年、三人の子どもたちに、当時のハワイやアメリカで見た、パイナップルの缶詰工場のベルトコンベアーで流れるオートメーションシステムや、アメリカ海軍の会議室にあったというテレビジョンに驚かされたこと。同時に、そんなアメリカと技術力で雲泥の差がある日本が戦争をした愚かさを語った。

　父は、除隊延期のまま突入した太平洋戦争で都合八年の海軍暮らしを余儀なくされた。その間に南方の海で、乗っていた船がアメリカの魚雷攻撃を受けて沈没したにもかかわらず奇跡的に生き延びた。それも三回も。

　一方、母は空襲を避けて奈良県北葛城郡（当時）當麻寺内の廃寺となっていた尼寺跡に両親と疎開したが、ガスも水道もない田舎暮らしに馴染めず、結婚して大阪市内に住む姉、基子の家に身を寄せながら、陸軍に接収され軍服製造場となっていた元堀江演舞場に、軍服のボタン付けの仕事に通った。

　そんなある日、工場を巡回しにきた新町署の特高主任から、

「君たちは不慣れな仕事を強いられて、どう思っているか、思ったままを作文にして提出するように。」

　と言われ母は『国は何故戦争するのか、若い時代をこのような仕事に費やすのは嫌だけれど、祖国が戦争しているから仕方なくしている』等々、憤懣やるかたない思いを長々と書いたという。早速新町署に呼び出されたが、向き合った特高主任は半ばあきれたように、

「今の時代にホンマに思てること、そのまま書いたら帰れんようになるで。今日は

帰ってよろしい。」
と放免してくれたという。

郵便はがき

料金受取人払郵便

新宿局承認

1408

差出有効期間
2021年6月
30日まで
(切手不要)

160-8791

141

東京都新宿区新宿1－10－1

(株)文芸社

愛読者カード係 行

お名前《ふりがな》			明治 大正 昭和 平成 年生 歳	
ご住所《ふりがな》	□□□-□□□□			性別 男・女
お電話番号	(書籍ご注文の際に必要です)	ご職業		
E-mail				
ご購読雑誌(複数可)		ご購読新聞 新聞		

最近読んでおもしろかった本や今後、とりあげてほしいテーマをお教えください。

ご自分の研究成果や経験、お考え等を出版してみたいというお気持ちはありますか。

ある　ない　内容・テーマ(　　　)

現在完成した作品をお持ちですか。

ある　ない　ジャンル・原稿量(　　　)

書　名				
お買上 書　店	都道 府県	市区 郡	書店名	書店
			ご購入日	年　　月　　日

本書をどこでお知りになりましたか?

1.書店店頭　2.知人にすすめられて　3.インターネット(サイト名　　　　　　)

4.DMハガキ　5.広告、記事を見て(新聞、雑誌名　　　　　　)

上の質問に関連して、ご購入の決め手となったのは?

1.タイトル　2.著者　3.内容　4.カバーデザイン　5.帯

その他ご自由にお書きください。

(　　　　　　)

本書についてのご意見、ご感想をお聞かせください。

①内容について

②カバー、タイトル、帯について

弊社Webサイトからもご意見、ご感想をお寄せいただけます。

ご協力ありがとうございました。

※お寄せいただいたご意見、ご感想は新聞広告等で匿名にて使わせていただくことがあります。

※お客様の個人情報は、小社からの連絡のみに使用します。社外に提供することは一切ありません。

■書籍のご注文は、お近くの書店または、ブックサービス(0120-29-9625)、セブンネットショッピング(http://7net.omni7.jp/)にお申し込み下さい。

二　両親の自立

私が料理屋の二階で産まれたには訳があった。

呉で終戦を迎えた繫は、姉、弥栄の紹介で継代と結婚したものの、住む家を見つけることができず、尼崎に住む長兄、源治郎の家の二階に間借りして新婚生活を始めた。ところが源治郎の家の一階ではパチンコ店を営んでいた。

終戦後、戦争未亡人、引揚者にパチンコ店の営業許可がもらえるということがあり、繫のすぐ上の兄の妻が朝鮮半島を幼い二人の娘の手を引いて命からがら引き上げてきたことから、弟の妻の名義でパチンコ店を始めたのだった。終日、やかましい玉の音と大音量の軍艦マーチが流れる仮住まいで、いくら何でも赤ん坊を産むわけにはいかなかった。そこで頼み込んで出産を迎えたのが継代の姉の店の二階だったのだ。

しかし、料理屋の二階にも長居はできない。

父がようやく見つけたのは尼崎の郊外、田畑が広がる村だった。空襲を逃れた四軒長屋の一軒にようやく親子三人が暮らす場ができた。とは言え、六畳と四畳半に台所のその家に畳は五枚しかなく、台所にはガスは勿論、水道も屋外に共同水栓が一ヶ所あるだけだった。電気が来ているだけ良しとしなければならなかった。

しっかり者の姉、基子と違って継代は貧乏育ちのくせにどこかお嬢さんっぽくて頼りないところがある。堂島から尼崎の外れに赤ん坊を抱いて行く継代を基子は不安な思いで見送った。

産婆が「真夏で良かった」とは言ったが、母の胎内から飛び出して二十分も産湯にも入れてもらえず、タオルを被せられていただけの私は産風邪をひいたらしい。鼻が詰まっておっぱいを飲むのがとんでもなく苦しい。すごく時間をかけて飲み終えても空気をいっぱい飲み込んでいる。育児の知識のない継代は授乳の後げっぷを出させることを知らず、そのまま寝かせてしまう。間もなく飲み込んだ空気と共にせっかく飲んだお乳を噴水のように吐いてしまう。吐いたお乳が鼻や耳に入って鼻炎、中耳炎を起こす。

秋風が吹き始めると私はすぐに風邪をひいた。両親は風邪をひかせてはならぬと厚着をさせ、電熱器でガンガンに部屋を暖めた。もの言えぬ赤ん坊は汗をかき、その汗が冷えて風邪をひいた。母は畑の中のでこぼこ道を、父が作った乳母車を押して毎日と言っていいほど私を医者に連れて行った。風邪をひくと医者にかかりながらも肺炎になり、何度も命を落としかけた。

長屋の隣に上坂さんという七人家族が暮らしていた。夫婦と満州から引き揚げてきた奥さんのお姉さん、男の子と女の子が二人ずつ。親切な一家は、未経験の子育てに右往左往する母に事あるごとに助言、手助けをし精神的にも母の大きな支えとなった。私も上坂家の家族が大好きだった。

毎晩、寝る前に裏庭の垣根越しに、

「まんしの　あばばん　やーちゅみ（満州の　おばちゃん　おやすみ）。」

と挨拶していた。上坂家の子どもたちが私の遊び相手をしない時には、奥さんは私を米櫃の前に座らせて砂遊びのようにお米で遊ばせてくれた。夕方、母が迎えにきても帰ろうとせず、上坂家の家族が丸い卓袱台を囲んでただ一つの電灯の下で夕食を食べている様子を隣の薄暗い部屋から米櫃の中に座り込んで眺めていた。その時の家族の光景が今も脳裏に焼き付いている。

初めての子どもを父は溺愛した。毎日お土産におまけ付きグリコを買って帰り、アメリカで買ったという、黒い蛇腹を引き出すライカのカメラで三日にあげず写真を撮った。乳母車だけではなく、正座させると足が曲がる、と小さな椅子を作り、専用の砂場も作った。当時、下肥を使っていた畑の作物を生では食べさせず、漬物も食べさせなかった。今でも漬物は苦手だ。

一歳の誕生日を迎えられるか危ぶまれた虚弱児が三歳を前に姉になった。

五月の晴れ上がった空の下で私は父の作った砂場で一人遊んでいた。突然、今まで聞いたことのない叫び声のようなものを聞いた。雷に打たれたように、まさに青天の霹靂を受けたように『赤ちゃん、産まれたんや！』と棒立ちになった。その衝撃は今も覚えている。後日、上坂さんの奥さんが母に、

「真代ちゃん、真剣な顔で飛び込んできて『あばばん、あたちぃ（あたし）はとうとうお姉ちゃんになったわ』て。小さいながらもお姉ちゃんになる覚悟してたんやなあ。」

と言ったそうだ。

弟の繁樹が産まれて間もなく、伯母の弥栄が私を梅田のデパートに連れて行ってくれた。街中で感染したものか、私は百日咳に罹った。その百日咳が産まれて間もない繁樹にうつった。

近くの診療所に入院させ、四六時中咳き込む赤ん坊は何度も呼吸困難を起こして死

にかけた。母は繁樹に付きっきりになるため、私は母の実家に預けられた。当麻寺の境内に疎開していた祖父母は終戦後もそこに住み着いていた。

両親から引き離され、大して親しくもしていなかった祖父母が暮らす薄暗い寺のあとに連れて行かれて、私は泣きに泣いた。どのように機嫌を取っても泣き止まず、祖父母は困り果てたのだろう、真っ暗な押し入れに入れられ、恐怖心から更に泣いたことを覚えている。

両親は繁樹の命を救うことに必死だった。

入院していた診療所の若い医師は昼夜を分かたず献身的に治療にあたってくれた。それでも母に、

「私の全力を尽くしますが、こんな田舎の小さい診療所で不安であれば、大きな病院に代わってもらってもいいですよ。」

と言ったという。しかし両親はこの若い医師を信頼し、繁樹の命を預けた。

「四六時中、おっぱいを飲ませてあげるように。」

という医師の指示に従い母は、一日中繁樹を抱いて乳首をくわえさせたという。繁樹は生命力旺盛だったのだろう、うつつに目を覚ますとチュクチュクとおっぱいを吸い、体力を維持した。

「ストレプトマイシンがあれば……」

という医師の言葉に、父はあらゆる伝手を頼りストレプトマイシンを手に入れるために駆けずり回った。どういうルートを得たのか、ストレプトマイシンを手に入れることができ、繁樹は命拾いをした。

当時、新生児に百日咳はうつらないと考えられていた。当時の常識外の出来事に遭遇した若い医師は、繁樹の症例を学会に報告したと聞いた。

三　街中へ

どういう事情があったのか四歳の私にわかる説明はなく、ある日、上坂家と別れることになった。

田畑の広がるのどかな村から移った先は大阪市生野区今里の商店街の一角にある寿司屋の二階で父の姉、弥栄との同居だった。

父と弥栄は年の差が十三、六人兄弟の末っ子の父にとって弥栄は母親代わりと言える存在だった。父より六歳下の母にとって弥栄は姑のような存在だったに違いない。それまで核家族で「平安朝」とあだ名されるほどのんびり暮らしていたのが、口八丁手八丁の弥栄と一つ屋根の下で暮らすようになって継代はいつもイライラ、ピリピリしていた。おまけに車の往来のある外で、育ち盛り、いたずら盛りの繁樹と私だけで遊ばせるわけにはいかず、元気が有り余る繁樹は家の中で走り回ることになる。すると、階段の下から寿司屋の主が、

「坊主、うるさい！」

と怒鳴る。母もヒステリックにならざるを得なかった。

ある日、表通りに面してちょっと腰かけられる出っ張りのある腰高窓に布団が干してあった。窓は二段になっていて上の窓を大きく開けて布団をかけ、下の窓も空気を通すために開けてあった。部屋の中に垂れた布団が窓と腰高の出っ張りの間に三角の隙間をつくっていた。子どもは遊びを考え出す天才だ。私はこの三角の隙間をトンネルに見立てて四つん這いになって通り抜けた。繁樹も後に続き、二人でキャッキャとはしゃぎながら何度もトンネルくぐりを楽しんでいた。何度目かに潜り抜けた時、後に続くはずの繁樹が出てこない。今出てきた三角の隙間を覗いても繁樹の姿がない。狐につままれた気分になると同時に外から、

「子どもが落ちた！」

の声と慌ただしい大人の動きが聞こえた。窓から下を見ると下の寿司屋のテントに大きな穴が開いている。母は転がるように階段を駆け下り外へ出た。寿司屋の前で主が、泣いている繁樹を抱きかかえていた。顔に擦り傷はあるものの大きな怪我はしていないようだ。それでも頭を打っていると考え、母は繁樹を抱いて近所の医者に駆け込んだ。一通り診察した医師は、

「特に異常はなさそうやけど、頭の中の細い血管が切れているかも知れん。じわじわと血が出て脳を圧迫したら異常が出てくる。二、三日は変わった様子がないか、目の動きがおかしくないか、よう視とくように。そのあとも三月位は気を付けておくように。」

と注意を与えたそうだ。

繁樹は、布団に隠れた下の段の窓から外へ出て店のテントを突き破り、店の前に停めてあった出前用の自転車の荷台でバウンドしてアスファルトの地面に落ちた。ストレートに落ちていたら命はなかったかも知れない。店の中からたまたま落ちてきたところを見た寿司屋の主は、

「頭抱えるように、丸うなって落ちてきたわ。落ちてすぐ、大きな声で泣いたさかい、大丈夫や。」

と集まってきた野次馬たちに言ったという。

繁樹の転落騒ぎが一段落ついた頃、誰の発案か、弥栄と母が近くの市場に店を出すことになった。一区画の半分に母が糸や雑貨を置く小間物屋を、あとの半分で弥栄が総菜天ぷらを揚げて売った。

まだ、ちょろちょろと動き回る繁樹にとって店は危険な場所だった。母の背中にく

くり付けられていても半日ももたない。市場の近くの児童公園で私が子守をすることもしょっちゅうだった。

少し離れた所にもう少し大きな大杉市場があった。そこに対抗して客を増やそうとするが、当時の最もありふれた宣伝ツールのチンドン屋を雇うほどの財力のないこの市場では、出店者が集まって自分たちで宣伝隊を繰り出すことにした。店を閉めて日が落ちた路地に提灯を提げ拍子木を打ち、厚紙で急ごしらえしたメガホンを持って繰り出す。

「中山市場でございます。明日から三日間、全店、大特価大売出しを行います。みなさまこぞってご来店ください。」

店主会で考えた宣伝文句を書いた紙を手に手に、意気込んで出発したものの、みな慣れないのと気恥ずかしいのとでなかなか声が出ない。母の小間物屋の向かいで果物屋を切り盛りしていた嫁さんが、

「真代ちゃん、あんたの可愛い声で『中山市場でございます』て、言うてくれへん？そしたらみんな元気出ると思うわ。」

隣の乾物屋の主人も、

「そやそや、それがええ。真代ちゃんが言うてくれた後に続いて『明日から…』て言

うんやで。ほな、真代ちゃん頼むわ。」

私は多少躊躇したものの、おだてられた嬉しさでメガホンを口に当て大きく息を吸ってから、

「中山市場でごじゃいましゅ！」

と言った。続いて大人たちが、多少ばらつきながら後に続く。

「明日から……」

大杉市場と競合する地域にも足を伸ばし、幾度か繰り出した宣伝隊はいつも、

「中山市場でごじゃいましゅ。」

で始まった。宣伝隊の効果がいかほどのものであったろうか。

その頃、夕方に子ども向けのラジオドラマ『コロの物語』が放送されていた。子犬が困難に出会いながら旅をする物語で、私は毎日自分でラジオのスイッチを入れ、楽しみに聴いていた。小柳徹君演じる「コロ」の冒険にワクワク、ハラハラした。

ある日、そのドラマの後のニュース番組でとてつもないニュースが流れた。

一九五四（S29）年三月、アメリカが西太平洋ビキニ環礁で水爆実験を行い、操業中の日本のマグロ漁船が被爆し命からがら日本に帰ってきた。後日、第五福竜丸の

久保山愛吉さんが亡くなるという、日本人にとって三度目の被爆事件が起こった。焼津港に帰港した船が積んできた大量のマグロはガイガーカウンターで放射線量を計られた。ガイガーカウンターが発する『ガーガー、ガリガリ』という音を聞いたのはその時のラジオから流れたものだったか、後日、ニュース映画で見たものだったか。音の意味は五歳の私には分からなかったが、とてつもなく恐ろしいことのように思えた。

その日の夕食のおかずに魚の照り焼きが出た。一口食べてその美味しさに、母に聞いた。

「お母ちゃん、このお魚、何ていうお魚?」

母はサラッと、

「マグロやで。」

その時の私のショックは言いようのないものだった。

『あ～、私はもう死ぬねんなあ。ラジオで言うてたマグロを食べてしもた。』

五歳の分別はそんなものだ。

秋が深まる十月の半ば、三人目の出産を目前にして、その頃、三重県四日市市に単身赴任していた父が帰っていた。久々に父がいてくれるのが嬉しくてはしゃいでは下の寿司屋の主から怒鳴られていた。予定日を十日過ぎても出産の兆候はなかった。しびれを切らした父が一度赴任先に戻ると言った翌日、母は産気づいた。三人目にして初めての病院での出産。夜、父が作った夕食を食べ終えたところへ下から、

「斎藤はん、電話でっせ。」

電話を終えて戻ってきた父は私と繁樹に、

「女の子、産まれたって。明日、お母ちゃんと赤ちゃんに会いに行こ。」

と嬉しそうに知らせた。私と繁樹も万歳をして喜び、その後、父と手をつないで跳ねるように銭湯への道を行った。

次の日から毎日面会に通った。母のベッドの上で繁樹は、母にあげると持ってきたお菓子を自分がむしゃむしゃと食べている。面会を終えて病院の玄関を出ると繁樹は、毎度、

「お母ちゃんにもういっぺん『さいなら』言うてくる。」

と母の病室に戻りたがる。はじめのうちは繁樹の寂しさを思って父も連れて戻っていたが、

「明日、また来うな。」

となだめて連れて帰るのだった。

五歳になった私は、翌春、幼稚園に行ける、ととても楽しみにしていた。

ところが年を越した頃、四日市に単身赴任していた父が、家族揃って一緒に暮らそうと言い出した。母に異論があるはずがなく、引越しの話が進められた。色々な都合が大人にはあったのだろう。引越しは翌年の夏ということになり、幼稚園に行っても途中でやめることになるから、と行かせてもらえなかった。

三人弟妹のお姉ちゃんで、いつも聞き分けの良い子を求められていた私は大泣きして抗議したい気持ちを誰にも言えずに我慢した。

四　初めての団地

一九五四（S29）年八月、四日市で初めてできたという鉄筋コンクリート造り四階建ての市営住宅に入居することができた。

今でいう2LDK。鉄の玄関ドア、初めて見る水が流れるお便所、子どもには広～い板の間。別棟の納屋まである。しかも一階で、少々走り回っても下から怒鳴られることはない。まだ三十一歳だった母はどれほど嬉しかっただろう。

後年、四日市喘息を発症せしめ、公害の元祖のようになった四日市コンビナートで一九五五（S30）年、大協石油のタンク火災が発生した。私たちが住む市営住宅からは三km程離れていたので、直接の危険はなかったが、燃え盛る炎は団地の建物の外壁を赤々と照らし、一週間近くも燃えた。日本の消防では消火できず、米軍ヘリが消火剤を撒いて消し止めたという。

その年の春、私は小学校に入学していた。明治の初期に創設された浜田小学校は、創設当時そのままの古めかしい木造校舎だった。卒業生には作家の丹羽文雄の名もある。

幼少時からの虚弱体質を引きずっていた私はしょっちゅう具合が悪くなり、遅刻・欠席の常習者だった。何をするにも自信がなく、周りの級友や先生に自分から話しかけることもできなかった。学業はまだしも、体育はからきしダメで徒競走ではいつもビリだった。

そんな私が二年生の時、それまで全くできなかった鉄棒の逆上がりが、何の拍子かヒョイとできた。信じられない思いで繰り返しやってみると何度もできるではないか。それが自信につながったのか、それからの私は人が変わったように積極的で朗らかな子どもになった。通知表の体育の評価が3から一気に5に上がったのを見た母は担任の先生に、間違いではないかと聞きに行ったという。その時、担任の先生は笑いながら、

「いいえ、間違いではありません。真代ちゃんはものすごく頑張りました。頑張り屋の真代ちゃんです。」

と言ったとか。

『頑張り屋の真代ちゃん』―この言葉は私を励まし頑張る力を与えてくれる言葉となった。しかし後々私を苦しめる言葉ともなった。

やはり一年生だったある日、図画工作の時間に乗り物の絵を描くので、乗り物のおもちゃを持ってくるようにと言われた。但し、家にあるおもちゃで、そのために買ってもらってはいけないと先生は注意した。そのおもちゃを持って行く日、私は弟の車を持って集団登校の集合場所に行った。そこへ、仲良くしていた春ちゃんが大きな風呂敷包みを持って現れた。春ちゃんは一人っ子で、そんな大きな車のおもちゃを持っているはずはないと思った私は、

「春ちゃん、先生が、家にあるおもちゃで、買うてもろたらあかんて言いなったのに。」

と大きな声で言った。その声に驚いた春ちゃんは家に駆け戻った。しばらくすると春ちゃんのお母さんが、泣いている春ちゃんの手を引いてすごい形相で私の前に立ち、このおもちゃは親せきの男の子から借りてきた物で、買った物ではないということを大きな声で喚くように言った。その声を聞きつけて私の母も家から出てきて、春ちゃんのお母さんと言い争いになった。そのことから私は、思ったことをストレートに口に出すと、とんでもないことになることがあるということを深く学んだ。それ以

来、ものを言う前には、これを口に出して大丈夫かと自問するのが常となった。

団塊世代の私たちの入学でその辺りの小学校はどこもマンモス校となり、三年生に進級する時、分離新設校ができ、近所の友達と一緒に真新しい三浜小学校に変わった。明治時代の木造校舎から移った鉄筋コンクリート造りのピカピカの校舎の床は板張りで、毎日、糠袋やたばこの外包みの蠟紙で磨いた。

他の小学校から移ってきて、一緒に学級委員をやることになった佐藤君のお父さんが亡くなり、先生に連れられてお葬式に行った。佐藤君は長男で、お母さんの隣で会葬者に頭を下げていた。どんなに悲しいだろうと、私は涙が出そうになるのをこらえた。しばらくして、お母さんの実家に身を寄せるということで彼は転校することになった。私は励ましの手紙を書いた。転校の挨拶にきた佐藤君は別れ際、私にそっと、

「これ……」

と小さな包みを手渡した。家に帰って開けてみると、臙脂色のプラスチック（当時はセルロイドかベークライトだったかもしれない）の軸でキャップの付いた万年筆型のボールペンだった。当時は非常に珍しい物だったのではないだろうか。お父さんを

亡くした彼がこんな高価そうな物をくれたことが申し訳ない気持ちになった。そのボールペンは私の宝物となり、とうの昔にインクがなくなって書けなくなっているが、いまだに私の『捨てられない箱』に入っている。佐藤君が私の初恋の相手だったのかもしれない。

五　大阪へ

一九五八（S33）年、父は四日市の会社を辞めて起業すべく大阪に戻った。大阪と聞いて、かつての今里のイメージが蘇っていたが、落ち着いた先は北河内郡門真町（当時）の長屋の一角だった。当時の門真は蓮池が広がる中にあって松下電器の本社工場とその下請けの町工場が支えている田舎町という感じだった。

四日市の新設校から転校した門真小学校は、浜田小学校にも負けぬ、明治時代創立の古めかしい学校で、校門脇には二宮金次郎の石像が立っていた。戦後の第四十四代内閣総理大臣、幣原喜重郎は卒業生だと聞いた。

木造校舎の床には所々木の節穴があり、その上の席が当たったら目も当てられない。冬は床下から冷たい風が吹きこんでくる。子どもながら知恵を絞って、紙を丸めて詰めて穴を塞ぐ。

四年生で転校した時、弟の繁樹は一年生で、新しい学校になかなか馴染めず、休み

時間の度に私の教室に来ては、

「姉ちゃん、お家に帰りたい。」

と、べそをかく。時には自分の教室に戻ろうとせずに困らせた。そんな繁樹も三年生になり、妹の美弥が一年生になると少しはしっかりした。

大阪に転居したおよそ一年後、中部地方を伊勢湾台風が襲い、住んでいた市営住宅の一階部分はほぼ水没したという。隣近所の友達は無事だったろうかと心が痛んだ。

父の事業はのっけからつまずいたとみえて、半年もしないうちに最初の長屋にほど近い文化住宅という名の下駄履きアパートに引っ越した。母に引っ越した理由を尋ねると、

「あそこは湿気がひどうてな。」

と苦しい言い訳をした。しかし、どうも父の稼ぎではそこの家賃が払えなかったとみえる。当時、出始めたばかりの洗濯機がいつの間にか姿を消し、軽トラックが、電話がなくなった。後に母に聞くと、洗濯機は事務員さんの、軽トラックは職人さんの退職金代わりになったという。電話は料金未納が続き通じなくなっていた。

最初のつまずきに負けることなく父はまた新たに配管工事の会社を興して、当時の高度経済成長の波に乗ろうとした。東京オリンピック開催に向けて新幹線の開通に向

けた工事、大企業のビル建設など、大阪も建設工事ラッシュだった。いくつもの現場を掛け持ちし、夜を日に継いで自転車で駆け回った。とは言え、父の会社のような零細企業は大手ゼネコンの孫請け、ひ孫請けくらいのもので、営業から現場仕事、金策に駆けずり回ってもいつも会社は火の車だった。日焼けで真っ黒になり、疲れ果てて帰ってきても、酒を飲んで陽気に軍歌を歌い海軍の思い出話をするのが、ストレス発散と次の日も仕事をする気合を入れるための時間だったのだろう。

楽しいことの少ない日々の中で、町内会の納涼バスツアーに参加することになった。生駒山の頂上の遊園地へ近所の人とバスに揺られて行く途中、バスのラジオからアメリカの艦船がベトナムのトンキン湾で魚雷攻撃を受けた、というニュースが流れた。所謂トンキン湾事件の勃発、ベトナム戦争が始まった瞬間だった。私は世界情勢なるものは分からなかったが、ベトナムのような小国が何故、大国アメリカの艦船を襲撃するのか不思議だった。その疑問が妙に心に引っかかって、生駒山頂上からの夜景の印象は残らなかった。

日々、爪に火を点すような家計を助けるために母は呉服屋から仕立物の仕事を請け負い、毎日肩を凝らしながら針仕事に明け暮れた。正月前ともなると連日夜なべ仕事に追われた。母の夜なべと競争で私は高校受験に向けて勉強した。我が家の経済状態では私学の受験は到底無理だった。公立専願、一発勝負の受験に失敗するわけにはいかなかった。自分専用の部屋など持てない環境の中で、一畳半位の、便所の横の板の間に机を置いて背中のガラス障子を閉めた空間が私の勉強スペースだ。冬は隙間風の入るその場所で着ぶくれてもなお募る寒さを少しでも和らげるために、当時飼っていた雑種の雌犬の産んだ子犬を一匹背中に入れる。丁度良い暖かさで、子犬もくうくうと寝息を立てる。

夜が更けて睡魔に負けそうになると母は、お茶の葉をそのままカリカリと噛んで眠気を振り払って針を運んだ。また、約束の納期に迫られると、

「真代ちゃん、すまんけど、ここから、ここまで真っすぐに縫うてくれへんか？」

と私に運針を任せたり、時には帯の耳かがりも教えた。和裁専門学校を出ていた母は、

「芸が身を助けるほどの不幸せ、て言うてな、自分の持ってる技術で暮らしを立てなあかんというのは不幸せやということや。」

と自嘲気味に言う。私が、

「せやけど、身を助ける芸がなかったら、もっと不幸せと違う?」

と言うと母は、

「そう言うたらそうかも知れんなあ。」

と笑った。

運針の手を動かしながら母はよく歌を歌った。中でもよく口ずさんだのが「水色のワルツ」だ。

『君に会う嬉しさの　胸に深く
水色のハンカチを　ひそめる習わしが
いつの間にか　身にしみたのよ
涙のあとをそっと　隠したいのよ』

私が今でも覚えているほどしょっちゅう歌っていた。

「この歌なあ、繁樹が百日咳で入院してた時流行ってた歌でな、看護婦さんがみんな歌うてたんや。聞き覚えてしもてん。

せやけど、子どもが生きるか死ぬかの瀬戸際やのに、人が歌うてる歌を、よう覚えたもんや。呑気なもんやな。」

自分でもあきれたように言いながら、またしても口ずさむのだった。

冬休みになるとお正月準備の多くをやらされた。

そんなスリル満点の受験勉強でも、何とか公立高校に滑り込んだ。


父がくたくた、よれよれになるまで働いてもひとたび不渡り手形が回ってきてしまうとひとたまりもなく連鎖倒産してしまう。

ある日、玄関先で母が誰かと言い争う声が聞こえた。

「なんぼ言われても、無い袖は振れまへん！　私には主人の仕事のことは分かりまへん。会社の方へ行っとくなはれ！」

相手は、

「会社へ行ってもお宅の旦那が捕まらんから、ここへ来てんねやないか。わしも子どもの使いやあらへんから手ぶらで帰るわけにいかんのや。」

押し問答の相手は借金取りだ。

「無いもんは無い言うてますやんか。それでもて言いはんねんやったら、これでも持って帰んなはれ！」

と言うなり母は着ていたブラウスを脱いで相手に投げつけた。さすがの借金取りも這う這うの体で帰って行った。母にそんな激しい面があることを初めて見せられて驚いた。

またもや父の会社は倒産した。父も母も子どもたちには何も言わなかったが、私はすぐに担任の先生に家の状況を説明し、奨学金を受ける手続きをした。

当時、毎月三千円の奨学金で授業料と諸経費千九百円を払い、バスの通学定期を買った残りで参考書や文具を買うと小遣いはほとんど残らなかった。母は、

「すまんなあ。子どもにこんな気苦労かけて。あんたの高校入学の後で良かった。入学前やったら制服も作られへんとこやったわ。」

と詫びた。

私は家が貧しいことはほとんど気にならず、高校生活を楽しんだ。生徒会の役員をやらされてうんざりすることもあったが、後々それは役立つ経験となった。

一年生の初めの頃、同じアパートに住む辰巳君が小さな英文字のメモを持って訪ねてきた。アメリカの女の子と文通しないかと言うのだ。私は大喜びでそのアドレスのメモをもらって早速手紙を出した。航空便で出せば早く届くが料金が高いので船便で出す。一ヶ月以上経ってからようやく返事が来た。ニュージャージー州に住む十五歳の女の子、ジェーンだった。私の誕生日には当時の日本の高校生が持っていないよう

なおしゃれなアクセサリーやポーチ、化粧品などが送られてきた。彼女の誕生日プレゼントには、母の内職で出た着物の端切れで小物を手作りして、お金はかからないが、日本的な物を贈るととても喜ばれた。

ジェーンの父親は石油会社の重役で、彼女は自宅にプールのある豪邸に住む一人娘。プールサイドに腰掛ける彼女の写真は高校生とは思えない大人っぽい姿だった。高校を卒業したら地元の単科大学に進学しようとしていることなどを知ることとなった。六畳と四畳半のアパートに家族五人と犬一匹が暮らす自分とのあまりに大きな差に驚くばかりだった。私は彼女との文通を通じてアメリカへの憧れを募らせ、いつかきっとアメリカに行こうと思った。

一九六三（S38）年、ケネディ大統領が暗殺されたというニュースに大きなショックを受けた。政治問題にはほとんど関心がなかったが、私はケネディ大統領が好きだった。単なるミーハー的なファンと言っても良かったが、一九六二年のキューバ危機で第三次世界大戦か？　核戦争か？　と世界が震撼した時、最悪の事態を回避するためにケネディ大統領がとった行動、決断は素晴らしいと思った。

ケネディ暗殺に関する新聞記事はほとんどスクラップしたし、ジェーンへの手紙にも自分の気持ちを書き送った。後日、ケネディコインが発行された時ジェーンは、プラスチックケースにパックされたケネディコインを送ってきてくれた。今も大切にしている。

高校二年生の秋だったか、ジェーンの手紙にお母さんからの手紙も同封されていた。

お母さんからの手紙は思いもかけない内容だった。翌年、私が高校を卒業したらアメリカにいらっしゃい。自分の家はあなたを住まわせるスペースがある。半年、ジェーンの高校に編入し、秋から同じ大学に進んではどうか。生活費は全面的に自分たちが見る。ジェーンは一人っ子なのであなたが姉になってくれたら嬉しい、というような内容だった。

そしてジェーンが進学しようとしている大学の入学案内が同封されていた。

「お母ちゃん、ジェーンのお母さんが、私にアメリカにおいでって。生活の面倒見てくれるって。ジェーンと同じ大学に行けるねんて。」

私は大興奮し、有頂天になった。夢に見たアメリカに、アメリカの大学に行ける。送られてきた大学の案内を読み進むうちに私は冷静さを取り戻していた。大学は私学で費用がとても高い。ジェーンのお母さんは生活の面倒は見ると言ってくれているが、学費まで出してあげるとは言っていない。当時の為替レートは固定で一ドル三六〇円だ。学費は一ヶ月五万円にもなる。我が家の五人家族が一ヶ月十分に暮らせる金額だ。それを自分で稼ぎながら学ぶことは不可能だろう。更に突き詰めて考えると、果たして私はアメリカで何を学ぼうとしているのか、家族に苦労や犠牲を強いて行く価値があるのかと自問すると、『否』であった。

私は母に告げた。

「アメリカには行かへん。ホームシックになっても簡単に帰ってこられへんもん。」

「そうか、ほな、お母ちゃんからお断りの手紙書くさかい、あんた英訳してくれるか？」

母は私が考えていたことは分かっていたと思うが、それ以上聞こうとはしなかった。そして、ジェーンのお母さんに宛てた丁重な断りの手紙を書いた。

二年生の終わりに、三年生で進学コースか就職コースか進路を選ばなければならなかった。私はアメリカ留学を諦めはしたが大学進学を目指していた。それなりに目標を定めて勉強していたが、家庭の状況は更に厳しくなっていることは明らかだった。

しょっちゅう取り立てにくる借金取りの中に少し変わった高橋という男がいた。いつも高価そうな背広をパリッと着こなし、子どもにケーキやお菓子を手土産に持ってくる。玄関の上がり框に腰を掛けて、私たちと一緒になって犬を相手にひとしきり遊び、ポケットからハーモニカを取り出すと学校で習うような曲を上手に吹く。つい私たちも一緒に歌う。犬も一緒になって、

「ウォー、ウォー……」

と遠吠えのように鳴く。

その間、借金返済を迫るような話は全くせず、遊ぶだけ遊ぶと、

「ほな、帰りまっさ。また来まっさ。」

と帰って行く。

そんな取り立て屋らしからぬ態度に母の警戒心も緩み、家に上がり込むようになっていた。

ある日、いつものようにケーキを提げてきた高橋は私たちにハーモニカを聞かせた後、

「実はなあ、おっちゃん、このテレビもろて帰らなあかんねんけど、テレビ無うなったらあんたら寂しいやろ?」

と私たちに聞く。勿論だ。我が家の唯一の娯楽提供道具なのだから。

「奥さん、半紙か何か白い紙おますか?」

と母に紙を出させると、背広の内ポケットからパーカーの万年筆を出してその紙に、

『このテレビは△△商事が差し押さえ、斎藤美弥殿に貸与するものである。何人も差し押さえ、又は移動することを禁ずる。△△商事　高橋某　昭和四十一年十月〇〇日』

と書き、ポケットから印鑑を出すとハアハアと息を吹きかけて署名の上にグイっと押し、テレビの上にかけていたゴブラン織りの覆いをめくると糊で貼り付けた。

「美弥ちゃん、このテレビ、おっちゃんが美弥ちゃんに貸してあげるさかい、もし、よそのおっちゃんが持って行こうとしたら、このきれめくって『これが目に入らぬか!!』て言うねんで。」

と妹の美弥に説明した。美弥はニッと笑って嬉しそうにテレビのカバーの上を大切そうに撫でていた。

いくら高橋が温情をかけてくれても借金がなくなる訳ではなかった。弟も妹もこれから高校に行かせてやらなければならない。

夏休みの補習に出ながらも私は徐々に進学を諦め始めていた。

二学期が始まってしばらくして私は遂に決心を固め、職員室へ就職担当の先生を訪

ねた。

家庭の事情で就職したいと伝えると先生は一瞬狼狽し、返答に詰まった。それもその筈だ。就職試験はほとんど終わり、先生は一息ついているところへの駆け込みだったのだから。就職試験のファイルや資料を繰った挙句先生は、

「この会社、大手で条件はとてもいいんだけど、難しくてなかなか受かる見込みのある人がいなくて。願書の締め切りが迫っているけど、受けてみますか？　進学コースで頑張ってきたあなたなら受かるかも知れんし。」

と、ある大手の求人票を見せた。会社に不足はなかった。是非にと頼んでホッとした。

一次試験の合格通知を受け取って、先生に報告すると、

「やっぱりあなたは優秀やったんやね。学科試験が通ったら面接はきっと大丈夫！もう合格したようなもんです。」

と先生も安堵の表情を見せた。

面接試験が済んで結果が届くのを一日千秋の思いで待ちながら、ジェーンに就職試験を受けたことを知らせた。働いてお金を貯めてきっとジェーンに会いに行くということを、決意を込めて書いた。

待ちに待った結果は、予想だにしなかった不合格。面接で大きな失敗はなかったはずだ。その結果に母は、

「お父ちゃんの会社が不渡り出したからと違うか？」

と言った。

その頃は採用に当たって本人の成績や人柄だけではなく、家庭状況や親の資産状況まで調べる会社が少なくなかった。

気持ちが収まらないまま先生に報告すると、先生も驚きを隠さなかった。しかし、驚いて立ち止まってはいられない。先生は次に受けられる会社を探し、中堅の化学メーカーを紹介してくれた。毎年、一人は先輩が就職している会社だという。

こうなれば、選んでいる余裕はない。先ずは学科試験を受けた。と同時に私は、大阪市の小学校の事務職員募集の情報を得て、受ける準備を進めていた。

学校が好きで、大学には行けないけれども、学校という環境に身を置いておきたい気持ちが強かった。

化学メーカーの学科試験の合格と面接試験の日程を知らせる封書が届いた。その面接試験の日にちが学校事務職員の試験日と同じではないか。

私は大いに迷い決断を下せないまま、中学校の時の担任の先生に、どちらを選ぶべ

きか相談に行った。

先生は、

「学校以外の広い世間を見なさい。一般企業の方が幅広い経歴、経験を持つ人が多いと思うよ。教師よりもレベルの高い学校を出ている人が多くて、結婚相手も優秀な人を選べる機会が多いのと違うかな?」

と笑いながら化学メーカーを選ぶことを勧めた。

私は腹を決め、先生の助言に従って面接を受け、その会社に採用が決まった。

六　生まれ故郷で

翌春、母がデパートで買ってくれたピンクのスーツに身を包んで私は社会人一年生になった。

大阪港に近い工業地帯にある本社工場で十日間ほどの新人研修を受け、配属が決まった。私は営業事務職として堂島のビルにある事務所に配属された。

母のお腹から飛び出した堂島で、社会に飛び出すことになった。

学校よりうんと厳しい社会を思い描いていた私は、幅広い年代の人がいることに緊張したが、事務所の中の雰囲気は驚くほど自由で楽しげだった。授業中はおしゃべりができなかった学校と違って、仕事中でもみんな自由におしゃべりしているばかりか、お菓子を食べながら書類を作ったり、電話している人もいる。女子社員の間で怖い先輩だと噂されているお局様は、年上の男性社員にため口をきき、誰もそれを表立って批判も注意もしない。

学校とは全く違うそんな環境で働く自分が、大学に進学した友達よりうんと大人になった気がした。社会の一翼を担っているという自負のようなものを感じていた。自分の収入が家族の支えになっている誇りも感じたし、弟や妹に何かしら欲しいものを買ってやれることにも喜びを感じた。と同時に私はこの会社でいい相手を見つけて結婚し、普通の奥さんになるんだ。自分の人生の高みはここまでか、と思い、遊べるだけ遊ぼうと思った。

夏はプール、冬はスキー、会社のダンス部に入ってクリスマスシーズンは連日ダンスホール通い。

一年はあっという間に過ぎ、間もなく後輩が入社してこようという時、会社が組織した同期会の役員改選の集まりがあった。

残業していた私に、私と田中舞子が事務所選出の役員に選ばれたと知らせがあり、会議室に行くと、工場選出の役員だという男性二人が待っていた。挨拶を交わしたものの、工場の人とは初対面。お互い自己紹介をしてこれから先のことを相談する日程を打ち合わせてその日は別れた。

その後、男性一人を代表に、田中舞子を書記にと決めた。代表を引き受けた多麻田勝はスポーツマンタイプ、はっきりものを言い感じは悪くないが、それまでの私の友人にはないタイプで、彼との距離を測りかねていた。

年間計画を考え、ハイキングの下見に四人で出かけることになり、男性二人の弁当を女性二人が作って行くことになった。

私は大きめの三角おにぎりと野菜や竹輪の煮物を、適当な弁当箱がなかったので海苔が入っていた缶に入れて持って行った。一方、田中舞子は幕の内風の美しいお弁当を作ってきた。これで女としての私の評価は定まったと思った。

それからひと月程して、五時少し前に私に電話、と取り継がれた。出てみると多麻田勝からだった。話したいことがあるので明後日の仕事が終わってから会って欲しいと言う。同期会の話かと思って、時間と場所を決めて会うことにした。

その日、約束の場所に行くと彼は待っていた。喫茶店でコーヒーが運ばれてくると彼は、

「実は俺と付き合って欲しいねんけど。」

と前置きなしにいきなり切り出した。勝らしいストレートさだった。

ちょっと面喰らいながらも、一緒に同期会の活動をする中で彼の真面目で素直な性格、行動力を信頼するようになっていたので、私は交際を了解した。

社会人になってから一年間、遊びまわっていた私は虚しさを感じ、もう誘われても

遊びに行かなくなっていた。会社には結婚しても良いと思える男性もいなかった。もし、勝と結婚することになるとしても、このまま主婦になることは私の望む人生ではないと思うようになり、何かやりたいと焦りを感じていた。

高校受験前、一時デザインの道に進みたいと思った時期があり、再度デザインの勉強をしようと思い立った。勝にそのことを話し、相談すると反対はしなかった。

翌春退職して、堂島の川向う、中之島にあったデザイン学校に入学した。民間の専門学校の費用は高かった。授業料だけでなく、スケッチブックや絵の具、筆やペンなど必要な画材、道具などのほとんどが学校指定の物を使わなければならず、二年間働いて貯めた貯金はあっという間に減り、アルバイトをしなければ続けられない。午前中二時間の授業が終わると歯医者のアルバイトに走る。当時は歯科衛生士という資格はなく、治療に必要な道具を揃えたり医師の指示に従ってセメントを練ったりした。

歯医者の仕事がない日は、中学校の先生が紹介してくれた高校受験生の家庭教師もやった。アルバイトを終えて帰り、夕食が済んだ後、デザイン学校の宿題をやる。宿題は毎日出され、翌日には提出しなければならない。授業が午前中ならまだしも、午後の授業の宿題はどうしても夜が更けるまでかかり、徹夜になることもしょっちゅうだった。いくら若いとはいえしんどい日々だった。それでも折角、貯めた貯金を使い果たし、アルバイトで続けている学校をちゃんと卒業して仕事に繋げたかった。頑張った甲斐があって首席で卒業することができた。学校はデザイン会社を紹介してくれ、私は面接を受けに行った。会社側から示された条件は驚くほど低かった。給料は前の会社より低く、勤務時間もあってないようなもの。クライアントの条件で深夜まで仕事をしなければならないこともあり、休日は不定期。デザイン業界とはそんなものかもしれなかったが、高額を注ぎ込んで技術を身に付けたのに以前より給料が低いというのは我慢ができなかった。

その頃、私は結婚して子どもが産まれても働き続けようと思い始めていた。だからいつ休めるか、何時まで働かなければならないか分からないような会社に勤める訳にはいかなかった。面接のその場で断って帰った。学校からは大目玉を喰らい、以後、学校に紹介してもらう訳にはいかなくなった。

そんな時、友人が勤める会社で女子社員の採用があると聞いた。友人の紹介で人事課長に会いに行った。職種は受付嬢だという。自分が受付嬢に向いているとは思えず、課長に一般事務職を希望する旨を伝え、事務職に欠員が出た時はそちらに替われるならそれまで受付に座っても良いと、今思うと、随分強気の交渉をしたものだと思うが、人事課長はその条件を呑み、採用してくれた。この会社も堂島にあった。

一年余り受付に座って、私は総務課の事務に移った。

七　結婚、出産

一九七二（S47）年十月、私と勝は結婚した。

当時の若者たちの間で広がっていた会費制の人前結婚式にした。友人たちが実行委員会を作り、案内状の発送、出欠確認や式の進行などを引き受けてくれる。三千円の会費を出して百人程が参加してくれた。

色々あって、当時父と母は別居していて、父は式に出席しないと言ってきた。父親不在では格好がつかない。私は勝と一緒に父の長兄、源治郎に父親代わりに式に出席して欲しいと頼みに行った。叔父は快諾してくれた。

しかし問題は式の形式だ。明治生まれで、親戚の中でもうるさ方と言われている叔父に「会費制人前結婚式」が通用するものか。

会費を取る訳にはいかないだろうと、色々、心配しながら説明すると、意外にも叔父は興味を示して、

「会費？　払うがな。三千円でええのか？」

式が終わって新婚旅行に出かける私たちを新大阪駅のホームまで見送ってくれた友人たちに交じって源治郎叔父の姿もあった。セーターにジーパン、リュックを背負って、その日は東京に泊まり翌朝羽田から北海道に行く計画だった。

後日、叔父は周りの人に、

「心のこもった、ええ結婚式やった。会費制というのもええ。それに新婚旅行に行くのに、ジーパンにリュックというのも良かったなあ。」

と言っていたそうだ。

吹田市の端っこのアパートで新所帯をスタートさせた。

朝は一緒に朝食を作って食べ、一緒に出勤した。この頃、勝は堂島の事務所で営業職に就いていた。

半年後、私は妊娠した。当時女性は、結婚したら退職するのが当たり前、頑張っても妊娠するまでという風潮の中で、職場には大きなお腹を抱えて働く先輩がいた。しかし彼女も産休に入ると同時に退職した。

私は出産後も働くつもりだったが、職場では前例がなく、就業規則にも産前・産後の勤務に関する規定はなかった。就業規則に産休の規定を作ってもらうために、先ず組合の役員に相談した。ところが男性の役員には産休についての認識はほとんどなく、労働基準法の話からしなければならなかった。

労基法では産前産後、各六週間の産休が定められているが、当時組合の力が強い業界で産休は産前産後八週間になってきていた。これから規定を作るのを幸いに私は、社会の流れは八週間の方向だと主張して、会社と交渉してもらった。八週間が認められ、その後私に続いた女性社員のためにも貢献できたと思う。

ただ、産休の間は無給、六週間は健康保険から給料の六割が支給されたが、延長された産前産後各二週間は全くの無給で社会保険料は会社に支払わなくてはならなかった。

つわりや切迫流産の危機を乗り越えたものの、妊娠後期に妊娠中毒症の症状が出て、産前八週間どころか更に二週間ほど早く病休、続いて産休に入った。

予定日は十二月二十八日。その日、検診を受けたところ、

「まだ産まれそうにないなあ。お正月、越しそうやから、次一月四日に予約入れときましょか。」

と帰された。

『お正月の用意せなあかんのか。色々、片付けもせなあかんなあ。』

と思いながら家に帰り、次の日朝から風呂場でかがんでセーターの洗濯をし、掃除機をかけたりした。

夕食後、何となくお腹が張る感じがして不安がよぎった。陣痛が始まったか？　先ずお風呂に入って髪を洗おうと思った。お風呂から上がるとハッキリ痛みの波が来た。勝に病院に電話してもらい、入院の荷物を持って病院に向かった。

すぐに診察室に入った私を残して入院の手続きを済ませた勝は、荷物を看護婦に渡し、

「ほな、帰ります。」

驚いた看護婦は、

「ご主人、帰られるんですか？」

と聞くと勝は、

「僕、居って何かすることありますか？」

と言われて看護婦は、

「いえ、別に……」

「ほな、帰ります。産まれたら連絡もらえますやろ？」

と帰って行った。看護婦があきれたように見送ったと後日聞いた。昨今の立ち合い出産など思いもよらない時代ではあっても、である。

一旦分娩室に入ったものの、陣痛は遠のき治まってしまった。病室に戻され、一夜を明かすことになった。翌日、お昼ご飯を食べている最中に、

「多麻田さん、陣痛促進剤入れましょか。」

と言われて腕に点滴の針が刺され、食事は片付けられてしまった。後から点滴が始まった人が分娩室に運ばれ、私の点滴のバッグが一本空になってもまだ産まれる気配はなかった。二本目の点滴の液が半分くらい落ちてやっと三分間隔位の陣痛が来た。分娩室に運ばれてからも時間がかかり、担当医は年末の買い物に梅田の地下街に出掛け、ポケットベルの電波が届かず呼び戻せない。結局、赤ん坊を取り上げてくれたのは助産婦だった。

最初に陣痛が始まってから、途中で治まったとはいえ、二十一時間かかった。お昼ご飯を半分しか食べられないまま分娩に臨み、産まれた時はフラフラ。男の子だと告げられ、赤ん坊の顔を見て『あぁ、不細工やなあ』と思った後は深い眠りに落ちた。

八　子育てと仕事

息子は光（こう）と名付けた。

光は体重三千五百gで産まれ、おっぱいをよく飲んだ。三時間待たずにお腹をすかせて泣いた。授乳後、飲み残した母乳を絞っておかないと乳腺が詰まって、乳腺炎になるからと、光が満腹になって寝た後、しっかり絞っていると、夜など一時間位寝たと思うとまたすぐにお腹をすかせて泣く。ぐんぐん大きく重くなり、左手首が腱鞘炎になった。

一ヶ月検診では体重が五千四百gを超し、

「飲ませすぎです。三時間空かない時はお白湯を飲ませるように。」

と言われた。

産後休暇の残りが少なくなり、出勤に向けてミルクに慣れさせようとするが、光はミルクを、というより哺乳瓶の乳首を嫌がりミルクを飲まない。つい母乳を飲ませてしまう。

いよいよ出勤しなければならなくなり、保育所に入れるまで近所の竹原さんに預かってもらうことになった。

出勤初日、仕事を終えて飛ぶように光を迎えに行くと、竹原さんが待ちかねたように光を抱いて玄関先に出てきた。

「光ちゃん、お母ちゃん帰ってきたよ〜。待ち遠しかったねえ。早よ、おっぱい飲ましたげて。」

光を私に抱かせると、一日の様子を報告してくれた。光はお腹がすいてもどうしてもミルクを飲まなかったそうだ。泣き疲れて眠り、お腹がすくと泣くが、哺乳瓶をくわえさせても嫌がって飲まず、とうとう丸一日、飲まずに通したそうだ。竹原さんの前で私は胸を開いて乳首を含ませた。私のおっぱいも、会社で絞っていたとはいえ、カンカンに張っていた。光は息もつかぬ勢いで飲み続けた。

ミルク嫌いの光も、さすがに二日目には哺乳瓶からミルクを飲んだ。

産後一年間は一日に一時間の授乳時間が認められている。しかし、この時間は無給で賃金カットされる。当時私は総務課で社員の給料計算も仕事の一つだった。毎月、自分の授乳時間の賃金カットも自分で計算するのが何とも業腹だった。

元気な赤ん坊だった光も保育所に行き、生後六ヶ月が過ぎるとよく病気をするようになった。それからが子育てと仕事両立の闘いの本番だ。

保育所で熱が出ると必ず母親の職場に連絡が入り、お迎えを求められる。大抵、翌日も登園できず仕事を休まざるを得ない。一日で回復してくれれば良いが、いつまでも仕事を休む訳にはいかない。夫にも休んでもらわなければならない。

まだ共働きが少ない時代、子育ては母親の責任、子どもの病気に父親が仕事を休むなどあり得ないと世間の多くが思っていた時代に、夫の勝は良く協力してくれた。おむつを替え、ミルクを飲ませ、光を背負子で背負ってベランダで洗濯物を干すことも厭わなかった。

勝の両親は、彼が三歳になる前に病没し、姉は母方の、彼は父方の祖父母に育てられた。

祖父母はその孫をどれ程不憫に思い、どれ程可愛がって育てたことだろう。けれども、ただ可愛がり甘やかすだけでなく、一人前の人間としてきちんと育てる責任を強く感じていたに違いない。明治生まれの祖父母が、男の子に薪でご飯を炊くことや洗濯などをやらせ、何でもできる男に育てた。私はその祖父母に深く感謝していた。

光が産まれた時私は、嫁に感謝される姑になろうと思った。光を身ごもった時のつわりで朝が起きられない、食べられない時期から、朝食づくりは勝の役割になっていた。

光の成長は目覚ましく、離乳食も何でも嫌がらず食べ、お腹をこわすこともなく順調に進んでいた。色々食べられるようになっても、食後のデザートのように最後はおっぱいを飲まないと収まらなかったが。

間もなく一歳になろうとする冬のある日、珍しく光が激しく下痢をした。真っ白な、片栗粉を溶かしたような便だった。かかりつけの小児科に連れて行くと、すぐに点滴すると言われ、光を診察室のベッドに寝かし、私にしっかり押さえておくように命じた。中年の女性医師が光の腕の静脈に針を刺そうとするが、プクプクの光の腕からは静脈を探すことはできず、足首の静脈にやっと点滴を入れることができた。額に汗を浮かべた医師は、

「今日のお母ちゃんは、よう頑張った！　昨日、来たお母さんは、子どもが痛がって泣きわめくから、もう止めて下さい、て言うてね。止めてもいいけど子どもが死にますよ、て言いました。」

と前日あったことを話した。

小さい子どもの体に落とす点滴のスピードは恐ろしくゆっくりだった。それでも体に水分が満ちてくるとおしっこが出て、おむつはぼとぼとになった。近くに住む親せきのおばさんに連絡して来てもらい、家に光のおむつや着替えを取りに帰り、大急ぎでお茶漬けを流し込んで医院へ戻った。朝、始まった点滴が終わったのはすっかり日が暮れてからだった。診察の合間に様子を見にきた医師は、

「昨夜も一人、運び込まれたけど救急車要請しました。多分、あかんかったやろね。」

と顔を曇らせた。

今で言うところのノロかロタウイルスは当時、白色便性下痢とか仮性コレラと言われ、その冬は乳幼児に大流行して子どもが大勢命を落とした。

小康状態を得た光はしばらく離乳食禁止、処方された水分補給液だけを飲ませる日が続いた。そのお陰でやっと卒乳することができた。

一九七六（S51）年三月、光と二歳二ヶ月違いで女の子が産まれ、輝（てる）と名付けた。

輝が産まれる一週間ほど前から、光が風邪のような症状で顔にポツポツと発疹が出ていた。医者に連れて行くと突発性発疹か、風疹かも知れないと言われ、様子を見ることになった。あまり熱も上がらず、元気で良く食べる。大したことはないだろうと

思っていた時に私は産気づき入院した。

光の時とは大違いで、分娩室に入って三十分で産まれた。産まれたのが女の子と聞いて私は、妊娠・出産、育児と仕事の両立の苦労を分かってくれる同志ができた気がして嬉しかった。早春の、間もなく太陽が昇る時刻に産まれた娘の人生が輝きに満ちたものになることを願って、私が「輝」と名付けた。

明日退院という朝、私の内腿にポツッと発赤が出た。

その前の年から風疹が大流行し、妊娠初期に感染すると障害児が産まれる可能性があるといわれ、産婦人科では神経を尖らせていた。

次の日追い出されるように退院したものの、あっという間に発疹は全身に広がり四十度の熱が出た。全身の関節が痛み、産まれたばかりの赤子を抱くこともできず、横になったままお乳を飲ませた。やはり、出産前に光の風疹をもらっていたのだ。

光はお兄ちゃんになったとはいえ、二歳でまだまだ手がかかり、目離しできない。光は人の面倒を見るのが好き、人とかかわるのが好きな子で、自分がお兄ちゃんになったという思いが強いのだろう、輝をとても可愛がる。

寝ている輝に、

「てるちゃん、てるちゃん……」

と頬をつついたり手を握ったりして、起こしてしまう。輝におっぱいを飲ませているとまだ自分もおっぱいが恋しくて膝に乗ろうとする。私は輝が眠っている間はできるだけ光を抱き、本を読んだり遊んだりした。

輝の出産後間もなく、勤めていた会社の合理化、事業所の移転が決まった。二人の保育所への送迎をしながら移転先への通勤は困難と判断して退職し、新しい仕事探しを始めた。職安で見つけた、損保会社の子会社に就職することが決まった。損保会社を定年退職し、天下ってきた支店長と二人きりの職場だった。

経理事務は初めてだったが、算盤はできたので、前任者の作った伝票や帳簿を見ながら仕事をこなした。

輝が一歳になって間もなく、近くに住んでいた勝の祖父が亡くなった。心臓に持病を抱える祖母を一人にしておくことはできず、一緒に暮らすために家を探すことにした。

九　ニュータウンへ

何ヶ所か見て回り、最終的には勝の姉が暮らす堺市南部のニュータウンにマンションを購入した。七十代後半の祖母に何かあった時、近くに義姉がいてくれることが心強かった。また子どもたちが病気をした時も、よく世話になった。

保育所にすぐに入れるかが大問題だった。輝はとりあえず、民家で数人の子どもを預かる「簡易保育所」に預けることができた。ところが「簡易保育所」は三歳未満の子どもという制限があり、既に三歳になっていた光は本来受け入れてもらえない。平身低頭で頼み込み、正規の保育所に入れるまで、という条件で預かってもらった。それから毎日、仕事の合間に市役所の保育課に電話して窮状を訴え、入所できる保育所がないか尋ね、早く措置して欲しいと訴え続けた。三ヶ月ほどしてようやく民間保育所への入所が認められた。毎日二ヶ所の保育所への送り迎えは親にも子どもにもしんどいものだった。翌年からは輝も光と同じ保育所に入れてホッとした。光と違って新しい環境になかなかなじめない輝だったが、咲ちゃんという友達とはウマが合ったのか何をするのも一緒の仲良しになった。

光が小学校に入学した冬、祖母は風邪から肺炎をこじらせて亡くなった。

祖母にとって、孫一家との暮らしはどんなものだったろう。親子でも同居すれば世代間ギャップから嫁姑問題が起こったり、もめごとが起こるものだ。食べることだけでも若い家族の好みに合わせる我慢もあったのではないだろうか。祖母の口から直接、愚痴や嫌味を聞いたことがない。自分が当時の祖母の年齢に近くなって、この点でも祖母に感謝し、私も嫁に感謝される姑になろうと改めて思う。

祖母がいなくなって、一年生の光を鍵っ子にはできなかった。当時、堺市に学童保育の制度はなく、保護者が出資し合って共同学童保育を運営していた。年度の途中だったが、無理をお願いして入れてもらった。環境適応能力抜群、友達作り能力抜群の光は、すぐに馴染んで楽しそうに通った。

輝の保育所生活も残り少なくなったある日、咲ちゃんのお母さんから、入学前にニュータウンの新しく開発される地域に引っ越すという話を聞いた。輝はもちろん、私にもショックな話だった。新しい環境や人に簡単には馴染めない輝が、咲ちゃんがいなくて学校に行けるだろうかと、真剣に心配した。

勝も心配して、

「うちも近くへ引っ越すか……」

と言い出して、咲ちゃんと同じ校区に家を探し始めた。手頃な中古マンションの購入を決めかけたが、ローンの引継ぎ、決済に時間がかかり、どうしても輝の入学前に引っ越すことはできなくなった。

咲ちゃんと一緒に学校に行けることを楽しみにしていた輝に、夏休みには引っ越して二学期から咲ちゃんと一緒に行けるようにするからと言い含めて、入学式を迎えた。

入学から十日程経ったある朝、輝が学校に行きたくないと言い出した。理由を聞くと、

「お友達、いないもん。誰も遊んでくれへん。」

と泣いた。

「輝ちゃん、お友達は自分で作るねんで。自分から『遊ぼ』て言うてごらん。」

と言うと、

「お友達作ってもしょうないやんか。もうすぐ引っ越すのに。」

と冷めたことを言う子だった。それでも、

「今日、一人でええから、お友達作っておいで。」

と送り出した。帰宅すると、待ちかねたように輝が笑顔で駆け寄ってきて、

「お母ちゃん、お友達できた。」

と報告してくれた。

家庭訪問で、担任の先生にこのことを話すと先生も、

「学校でも一人でいることが多いです。校庭で自由に遊ばせた時も多麻田さんは一人、離れた砂場で遊んでいて、ほかの子の遊びに入ろうとはしませんでしたね。『こっちへおいで、みんなで遊ぼ』と呼ぶと来るんですが、自分からはね……」

と気にしてくれているようだった。

一学期の終業式の日、輝はクラス全員が書いてくれた手紙を冊子にしたものをもらってきた。

「てるちゃん元気で」とか「たまたさんはおとなしかったけど、やさしかったね」とか、「新しい学校で頑張って」など、一年生の子どもたちの思いやりがあふれていた。

後々輝は、この時のことが嬉しかったと言った。私も先生にとても感謝した。

転校してからは学童保育も咲ちゃんと一緒で、六年生まで元気に過ごした。

十　新駅のできる街

何度も会社を破産させて借金を増やし、一人暮らしをしながらそれを返済するために荒んだ生活に陥っていた父は酒に溺れ、酒に依存する日々だった。

一方母は、父と別居して食べていくために、四十代半ばから呉服屋勤めをするようになっていた。

そんな二人が、弟、繁樹の結婚を機に一緒に暮らすようになっていた。

しかし仕事がなく、母の稼ぎと年金で暮らし、働いている母に代わって主婦の役割をするのは父にとってストレスの多いものに違いなかった。相変わらず酒に頼り、母との関係も決して良くなかった。

二人の様子を見て、勝が、

「二人をうちで引き取ろう。」

と言ってくれた。

その時住んでいたマンションに二人を引き取ることは難しかった。もう少し広い家を探さねば。

その日の朝、新聞に折り込まれていた住宅会社の広告に踊る『新駅のできる街』というフレーズが目を引いた。

隣の市で住都公団が、丘陵地を切り開いて新しい街を造る計画があり、その隣接地に作る戸建て住宅の広告だった。鉄道が延伸され、新しい駅ができるという。通勤に始発駅から乗れるというのは大きな魅力だ。

翌日から会社のお盆休みで、子どもたちと一緒にキャンプに行くことにしていた。勝と食料の買い出しに出たついでに、広告の家を見に行くことにした。

ミカン畑の間を縫い、いくつかの溜め池の周りを通って、小高い丘の上に住宅地はあった。公団の開発予定地から少し離れた民間開発地域だった。

モデルハウスのハウスメーカー職員は、

「明日が抽選日なんですが、この家だけ申し込みがないので、赤いピンが立てられないんですよ。お宅の名前でピンを立てさせて下さい。」

と言う。見にきただけで買うつもりはないと言っても、仮の申し込みだと譲らない。この人の成績に関わることかと、買わない、と念を押して了解した。

キャンプから帰ってくると案の定、セールスの嵐だ。

私たちも両親を引き取るための家が必要ではあったが、見比べることもせずこの家を買って良いものか。結局、私たちはキャンプのための買い物のついでに、短パンとゴム草履姿で家を買ってしまった。

秋には入居できたが、輝が六年生ということもあり、翌春、転居することにした。

初めは両親とも一緒に暮らすと決めたのに母は、その春四十歳で高齢出産した妹の美弥が仕事を続けながら子育てするのが心配で、美弥と同居すると言い出した。

アルコール依存症かと思うほど酒浸りだった父は、一番可愛がっていた孫、輝の前で醜態を晒す訳にはいかないと思ったのか、私たちと暮らすようになってからは、祝い事などで私たちが勧めない限り酒は飲まなくなった。

新駅は三年後にできる予定だという。隣の駅までのバス路線があるが、一時間に一本の運行。夜は八時台が最終。これに頼って通勤はできないと、隣の駅前に駐車場を借りてマイカーを利用した。

輝は全く友達のいない中学校に入学し馴染めるか心配したが、近所で同じソフトボールクラブの同級生とすぐに仲良くなり、親の心配は杞憂に終わった。

光は三年生で転入し高校受験を控えていたが、全く気に掛ける風もなく新しい友達と楽し気な日々を過ごしていた。いくら勉強せよと言っても塾に行かせても自分から勉強しようとせず、遂に私は自分で光の勉強を見ることにした。夕食後の時間を当てるために食器洗い機を買い食事の後片付けを機械に任せて、光の首根っこを押さえつけるようにリビングのテーブルに座らせた。

私は自分が経験してきた受験勉強とその後の人生を振り返る時、子どもが望む進路はできる限りの支援をしてやりたいと思っていた。にもかかわらず光がそれに応えようとしないことに腹を立て、常にイラついていた。

しかし、よくよく考えてみれば、受験を目の前にしてから慌ててもどうにもならないことは明らかだった。小学生の時から親は働きながら社会的な活動もし、子どもと遊びはしてもゆっくり勉強を見てやることはほとんどなかった。元気で、友達がいっぱいいて、善悪の区別ができ、生きる力をつけることが大事という子育てをしてきたのだ。

それに気付きながらも私は、光に一ランクでも上の高校に行かせようと焦り、それまでの子育ての信条は何だったのか。結局、私は光が一流大学を出て、一流企業に勤めて、できればエリートといわれる人生を送ってくれることを期待しているのではないか。自分が夢見ていた人生を光に実現してもらいたかったのではないか。自己不信と自己嫌悪に深く傷つき悩んでいた。

そんな私を見て勝が、

「光は友達がようけおって、人の面倒見が良うて、しっかり生きて行ける力持っとる。それでええやないか。」

と言う。そのとおりだとそれまでの私なら納得しただろう。しかし、その時の私は勝の言うことは間違ってはいないと思うが無責任に思えた。高校、大学のレベルでその後の人生がかなり左右されるという思いを振り払うことができなかった。遂に勝に、

「それなら光の進路に関してはあんたに任せる。私は一切関わらへんから、よろしく。」

と言い、その後の進路説明会や三者面談なども全部勝に任せた。

私は自分のやり残したことをやらなければ、と仕事帰りに大阪大学の社会人講座に通った。

転居した次の年、昭和から平成になった。

十一　思いもかけない転機

一九九〇（H２）年暮れ、ある政党から思いもかけない要請を受けた。来春の市議補選に出馬して欲しいと。

私は二十三歳の時にその政党に入党していた。職場や地域で選挙の応援や日常的な活動を細々としていたが、議員になるなどとんでもない話だった。年老いた親と同居していることや娘が受験生であることなどいろいろな理由を並べて、私にはできないと固辞に固辞を重ねたが、

「やれるかやれないかはあなたが判断することではない、あなたならやれると党が判断したから要請に来た。」

とできない理由はことごとく打ち破られ、断る理由が見つからなくなった。

子どもたちに「人生で何度か分かれ道に出会い、どちらの道を選ぶべきか選択を迫られることがある。その時迷ったら、困難だと思える方を選べ。困難に耐えられなく

なったら楽な方に戻れるが、楽な方を選んでしまったら後戻りが利かない」と言ってきた手前、逃げる訳にはいかなかった。

勝は、私の判断、決意に任せると反対しなかったが、輝は猛烈に反対した。私や勝が何と言っても聞く耳を持たなかった。高校に行かないとまで言う。仕方なく輝の高校受験が終わるまでは公表しないことを条件に了承した。

三月末で会社を退職することになったが、事務的な仕事は全部私が一人でやっていたので短期間での引継ぎが大変だった。引き継ぎ書を作りテープレコーダーに吹きこみながら手順を説明し、聞き直すことができるようにした。

輝の合格発表の翌日、市内のあちこちに私の候補者ポスターが貼られた。輝は「騙した」と烈火のごとく怒ったが、母と息子の光がなだめたり諭したりして落ち着かせた。

輝が入学した高校の始業式の日、教室で初対面の男子生徒が声をかけてきたそうだ。

「あのう、多麻田真代って、君のお母さんか？　今朝、学校に来る時、駅のとこで旗立てて演説してる人がいたんやけど、多麻田って名前あんまりないから。」

輝が嫌な気持ちで「そうだ」と答えると、

「君のお母さん、すごいなあ。あんなに堂々とマイクでしゃべれるってすごいわ。議員て人のため、社会のために働く仕事やろ？　うちのおかんと大違いや。」

と感心することしきりだったという。

同級生にそう言われて輝は、初めて自分の母親が決めたことを認められるようになったと後に語った。

引っ越してきて三年、家と会社の往復だけでこの市のことはほとんど何も知らない。何をどう訴えれば良いか、先輩議員が政策のアウトラインを書いてくれたのに自分で肉付けして演説原稿を作る。候補者カーに乗って広い市内全域を走った初日は、眠ってからも耳の奥でスピーカーの音が『ウワ〜ン、ウワ〜ン』と響き、体がずっと揺れているようで、眠った気がしない一夜だった。

選挙の応援にきた母は、

「雀百まで、というのか『中山市場でごじゃいましゅ』て言うてた子らしいな。マイクでしゃべるようになったんやなあ。」

と昔のことを持ち出して感心した。

先輩たちと大勢の仲間、支持してくれる人たちのお陰で、候補者発表から一ヶ月で私は市会議員になった。この市で二人目の女性議員だった。同じ党の先輩女性議員は、様々な嫌がらせや差別を受けて随分苦労し、パイオニアとして頑張ってきた。私の当選を心から喜んでくれた。

新人議員は初議会で必ず質問するというのが党の習わしだった。失敗しても最初なら許される。最初にやらないと、どんどんできなくなるというのが理由だ。

私の初質問は散々だった。気持ちのどこかに早く終わらせたいという思いがあったのだろう。上がってもいた。ものすごい早口で原稿を読み、市側の答弁を聞くだけで精いっぱいで更に突っ込むことなどできなかった。

一般的に仕事は組織として、担当や責任範囲が決まっていて、自分のやるべきことがはっきりしている。新しい仕事は上から指示や命令が下る。しかし、議員には上司はいないし仕事の指示をしてくれる人はいない。自分で仕事を作らない限りいつまでも仕事はないし、仕事をしなくても誰からも文句を言われたり叱られたりしない。更に、議員は市政のあらゆる分野について予算や決算が付いて回り、税金の使い方が適正であるか見極める姿勢が求められる。自分の知らないことだから、苦手なことだからと目を逸らす訳にはいかない。また、市民からは色々な相談が寄せられる。解決するためには条例で定められた市の規定を知り、職員の知恵と力を借りなくてはならない。私は相談が寄せられると、担当課の課長の所に、

「課長、相談の相談なんですけど、教えて下さい。」

と行ったものだ。

補欠選挙で与えられた任期は一年半。定例選挙では自力で闘い当選しなくてはならない。

一年半の間に、自分の担当地域に顔を売り、名前を知ってもらわなければならない。毎月議会報告ニュースを作り、各戸に配布してもらうべく協力者を作って回った。駅前で出勤する人にマイクで議会報告や党の政策を訴える。名前を書いた幟とハンドマイクを持って、住宅地でスポット演説をする、など様々なことに取り組んだ。

二期目はソ連崩壊の大逆風の中での選挙だったが、新しくできる街に何としても党の議席を守ろうと、支援の人々も真夏の選挙戦を闘い抜き、私は二期目を迎えた。

地域の開発はいよいよ本格化し、いくつもの公共施設建設の計画も明らかになる中、住民に情報を提供し、要望を聞き、議会で計画内容の充実を求め続けた。

新駅の建設現場の視察にも行った。この駅につられて引っ越してきた自分が、未完成のその現場に立っているのは神の悪戯のように思えた。

一期目で光が、二期目に輝が高校を卒業した。光に、

「大卒と高卒では職業選択の幅が違う。自分が選びたい職業でも受験資格が大卒であれば、高卒では受験さえできない。」

と進学を勧めると、

「おかあ、おら、勉強嫌いやから大学に行っても勉強せんと遊ぶと思うで。それに、お金がかかる大学しか行かれへんと思うし。お金使こうて遊ぶのと、就職してお金稼ぐのとでは上下、えらい違いやと思わへんか?」

この時、私はそれ以上光を説得しようとは思わず、彼の理屈に納得させられてしまった。

一方、輝は、自分の見定めた進路を目指して一浪して地方の工業大学へ進学した。

そして三期目の選挙が終わった後、勝と四国へ旅行に出た。三日目の夜自宅に電話すると、留守の間の家族の面倒を見にきてくれていた母が電話口で、

「みんな元気にしてるから大丈夫やで。ただ、お父ちゃんがおかしいこと言うねん。字が読まれへんて言うてる。冗談かと思てんけど、本気でそう言うねん。」

翌日真っすぐに帰宅し、私は予定があったので勝に病院へ連れて行ってもらった。私の予想していたとおり、父は脳内出血を起こしていた。直径2㎝程の血腫が脳を圧

迫しているということで、その場で入院、即手術となった。右側頭部の血腫が右脳を圧迫して、図形を見分けることができなくなり、象形文字の漢字や平仮名が読めなくなっているというのが医師の説明だった。漢字は読めないのに数字やアルファベットは読める不思議な現象も脳の役割分担から説明がつくと。

一度目の脳内出血はほとんど後遺症を残さず回復した。それから二年後、再度，脳内出血を起こした父は左半身不随となり、病院を退院した後はリハビリを受けるために老人保健施設に入った。仕事と介護の生活が始まった。仕事の帰りに毎日施設に寄るが、私が帰ろうとすると父は、毎日、

「今度はいつ来てくれる？」

と聞くのだった。心細くて、情けなくて仕方なかったのだろう。そして始終、家に帰りたいとせがんだ。いくらせがまれても、私がいない昼間、父が一人家で過ごすことはできない。心を鬼にして特別養護老人ホームへの入所を申し込み、隣町の施設に入所が決まった。

その頃には認知症が進み被害妄想も出ていたから、虐待されるとか、食事に毒が入っているなどと言って困らせた。

ある寒い夕方、施設でも扱いに困ったようで、職場に電話がかかってきた。仕事を

片付けて大急ぎで駆けつけると、冷たい風が吹き込む施設の玄関先で車椅子に座った父が待っていた。

「朝からずっとここで『家に帰る』と言うて動きはらへんのです。」

職員が、やれやれという表情で訴える。食事もしていないという。

「食事はとってありますので温めましょうか？」

と言ってくれるので、父に、

「お腹すいたやろ？　ご飯、食べよか？」

と言っても、

「こんなとこの飯は、毒が入ってるから食われへん！」

「自動販売機の温かいスープやったら食べる？」

それなら食べると言うので、自販機で温かいコーンスープを買って手渡した。それを飲み終えると、子どものようにどうしても家へ帰ると言う。

「お父ちゃん、家へ帰っても車椅子では家へ入られへんし、トイレも入られへんやろ？　今夜は私がここに泊まるから、我慢して。私、今、仕事の帰りやから、いっぺん家へ帰って泊まる用意してくるから待ってて。」

何とかなだめて家へ帰って着替え、泊まる用意をして施設に戻り、父のベッドの横に簡易ベッドを借りて寝た。

それからしばらくして、車椅子から立ち上がろうとして転落し、入院したとの連絡で病院へ駆け付けると、右腕骨折。手術が必要だった。


その頃私は、市議会副議長に選任され、ほぼ毎日、役所にいた。役職で出かけることも多く、父に何かあってもすぐに駆け付けられるとは限らなかった。

一九九八（H10）年一月、家に帰ると留守電に病院から、すぐ来るようにとのメッセージが録音されていた。駆け付けるとそこには息子の光がいた。最初に病院からの電話を受けたのは光で、すぐに飛んできた時、誤嚥性肺炎で呼吸と心臓が止まった父に、二十分も心臓マッサージをしていたそうだ。医者が光に、

「もう、いいですかね？」

と訊いたという。

八十一歳の誕生日の前日、初孫に看取られて、父は丸々八十一年の人生を閉じた。

父は生前、自分で献体登録をし、遺言状には、通夜は妻、子、孫のみで行い、献体する。葬儀、墓への埋葬不要、遺骨は呉の海に散骨するようにと記されていた。

遺言どおり通夜を自宅で行い、翌日、献体登録していた大学病院から寝台車が迎え

にきた。

半年余りが過ぎた時、大学病院から父の遺骨が戻り、故人の妻、子、孫が揃って広島の宇品港から船に乗り散骨した。

父は生前、弟、繁樹の長男、直哉を連れて呉を旅し、

「おじいちゃんが死んだら、この船に乗って、右にあの山が、左にあの島が見えるこにおじいちゃんの骨を捨ててくれ。」

と散骨の場所を指定していたという。

私には、

「わしが死んだら献体登録してあるさかいに、病院に連絡したら新しいうちにシャッと取りにきてくれるさかいな。」

「お父ちゃん、臓器提供と違うから、別に新しなかってもええねんで。」

「それと、骨は呉の海に撒いてくれ。

戦争中、南方から帰ってくる時、必ず音戸の瀬戸を通って呉に入るんや。けど南方で戦死して帰ってこられへんかった戦友が大勢おる。まだ音戸の瀬戸で迷てるように思うんや。場所は直哉に教えてあるさかい、そこにわしの骨を撒いて仲間のとこへ帰

してくれ。」

南の海で三度も海に投げ出され、自分は奇跡的に生還できたものの、多くの戦友を失った父は、無神論者で、墓や寺を否定しながら、最期に戦友たちの許に行きたかったのだろう。

十二　引退へ

二〇〇〇（H12）年九月、四期目を迎える選挙戦で、私は周囲から、

「笑顔！　口角下がってるで。」

と何度も言われた。自分では笑っているつもりなのに、いつも暗い顔になっていると言われた。疲れやすいのは年齢のせいか、それとも二年前に受けた子宮全摘手術後の更年期障害のせいかと思っていた。

仲間と支持者の頑張りで四度目の当選を果たした。

期数を重ねると、要領よくできることは増えるが、欲も出て、あれもこれもやらねばと自分を追い込み仕事を増やしていた。当初、週に一度だった朝の駅前宣伝は、新駅ができてからは週四回やるようになっていた。

朝五時に起きて新聞を読み、その日訴えるべきことを決め、通りすがりに聞いて分かるように文章を考える。ところが、新聞の字面を追っていても内容がなかなか頭に

入ってこない、自分の言葉で組み立てられないということが起こり始め、文章を読むこと自体が苦痛になり始めた。

ある朝、いつもどおりハンドマイクを握ってしゃべっている最中に突然声が出なくなった。この日、特別緊張した意識はなかったが、緊張すると喉の奥が絞まって声が出にくく感じる。議場での発言はいつも声が小さいと言われる。子どもの時からきっとそうだ。あの時も……。

小学校三年生の学芸会で私は浦島太郎の劇の乙姫様の役だった。頑張って台詞を覚えたのに、本番直前に「声が小さいから」と役を降ろされた。


更年期外来から精神科に紹介された。

突然、声が出なくなったことを告げると、仕事のこと、日常生活、人間関係などどなたくさんの質問を受け、最後に医師はうつ病だと告げた。信じられない思いで、

「先生、私、うつ病なんですか?」

「立派なうつ病です。次回、ご家族の方と一緒に来てください。取り敢えず抗うつ剤を処方します。」

一週間後、勝に付き添われて受診すると医師は勝に、

「早急に、仕事から遠ざけて下さい。自殺の可能性があるので、家族が十分気を付けて下さい。」

と言った。

党の議員団会議で状況を説明し、協力を仰いだ。当面、議会での私の任務をみんなで分担し、大幅に仕事を減らしてもらった。所属する委員会も一人にならないように配慮してもらった。朝の駅頭宣伝は止めた。地域での仕事も最低限のものだけに絞って、休養時間が十分とれるようにした。それでも二週間後の診察で、医師から入院を勧められた。

「入院って、何日位ですか?」

「二ヶ月かな?」

「えーっ、そんなにですか?」

議員団で相談したところ、みんなは入院を勧めてくれた。どうしても欠席できない委員会や行事は病院を外出して出ればいい、と。

思い切って入院することにした。

入院してみると、こんなにも疲れていたのかと思うほど眠った。最初の一週間は、検温、食事、トイレ以外の時間は眠っていた。呼ばれて医師の診察、カウンセリングを受ける。

家族歴、成育歴、人間関係、日常生活等々。

ある日、成育歴を話す中で気が付いた。

家では常に、『お姉ちゃんは弟や妹のお手本やから、何でもできるいい子』を求められ、小学校の先生に言われた『頑張り屋の真代ちゃん』にずっと縛られてきたのだということに。

そして日々の活動、仕事について答えているうちに涙が出て、泣けて泣けて、答えられなくなった。

毎日、毎日、当たり前だ、自分がやるべきだと思ってやっていたことが、こんなに辛かったんだ、こんなに我慢し続けていたんだと、自分でも驚いた。

二〇〇一年九月、アメリカで同時多発テロが起こった。

アメリカがイラクへの報復を始めようとしている時、五人の女性議員が進めてきた超党派の議論を市民参加の運動に広げようと、『テロも戦争もいややや！』とパレードを計画した。

五人で相談して進めようという時に私は入院していた。もちろん内密に。携帯電話を持っていなかった私に連絡が取れず、困ったようだ。当時の私に込み入った話、その場で決断を求められる話はとてもしんどかった。議員団の判断を仰ぎ、病院の公衆電話から最低限の連絡をして、パレードには何食わぬ顔をして参加した。議会が始まると外出許可を取って帰宅し、家から議会に出席した。

退院しても、暗い部屋で体を丸めてただ転がっているだけの日が続いた。医者からは自殺のおそれがあると言われたが、一度も自殺しようとは思わなかった。何もできない、生きている意味さえ見出せない状況でもそれが永遠に続くとは思えなかった。何事も変わる、自分を取り巻く状況も自分も、世の中も変わる。この、先の見えない暗闇もいつか変わる、と思えた。

二〇〇四（H16）年九月の改選には出馬せず引退した。十三年半の議員生活だった。

十三　クソばばあ

後任の女性に無事バトンを渡してホッとして半年経った春の彼岸の中日。午後、電話が鳴った。受話器を取ったが、何も言わない。いたずら電話か？　と思ったが泣くような息づかいが聞こえる。

「もしもし、……崇君？」

「ン～……」

「どうしたん？　何かあった？　今どこ？」

美弥の夫、崇の声だ。当時、崇もうつ病で仕事を休んでいた。咄嗟に私は、崇が自殺を図ろうとしているのではないかと思った。

「……美弥ちゃんが……」

「美弥がどうしたん？」

「美弥ちゃんが、救急車で……」

「何があったん？」

「くも膜下出血で倒れて、救急車で運ばれた。」

「どこの病院？」

「高槻の救急救命センター。今、手術してる。」

「おばあちゃんと和君は？」

「家にいる。」

「家に行って、二人を乗せて病院へ行くから。崇君しっかりしてね。大丈夫やからね。」

繁樹に連絡して、勝と一緒に母を迎えに行って病院に急いだ。待合室には崇が一人で椅子に座っていた。

その日の朝、トイレで倒れているのを発見され、十時頃に運ばれすぐに始まった手術がまだ終わらないという。もう夕方五時を回っている。それから一時間程してから、手術着のまま主治医が現れた。

「やれるだけのことはやりました。しかし、運ばれた時の状況が非常に悪かったので、今、何とも言えません。三日位は様子を見ないと……。ＩＣＵで顔を見ていただけるので案内します。」

三人ずつ、着衣カバー、ヘアーキャップ、マスクを着けて入室し、ベッドの傍に寄った。頭髪は剃られ、大きなガーゼが当てられ、透き通るように真っ白な体にはたくさんのチューブやコードがまとわり付いている。皮膚が真っ白なのは、手術中、体温を下げていたためだという。肩に手を置くと、冷たい。

頭皮は縫合してあるが、脳が腫れるので頭蓋骨は外したままだと聞いて驚く。右脳に出血したので左に麻痺が残るなあと思ったが、まだその時私は楽観していた。同じ病気で何の障害も残らず元気に活動に復帰している友人がいたことがそう思わせていた。しかし美弥の状況は非常に深刻だった。脳浮腫を起こし、左脳まで脳梗塞を起こした。脳水が溜まり、排出する管が詰まり、何度も手術を繰り返した。通常、救急救命センターは一ヶ月位で急性期の治療が終わり転院させる。ところが美弥は半年転院できなかった。この間私は、週に二、三回病院に行って手足のマッサージをし、話しかけた。意識が戻らないまま転院した。転院先の医師は『植物状態だ』と言った。崇は毎日病院に通い、マッサージと話しかけを続けた。美弥、五十一歳、息子の和也はまだ十一歳だった。

転院してから二ヶ月位経った時、崇が、

「美弥ちゃんに、昔、おかしくて大笑いした時のことを言うたら、ニッと笑ったんです。医者に言うたら『そんな筈はない。あり得ない』て言うんです。」

と憤慨している。私はあり得る話だと思い、

「崇君、きっと意識は徐々に戻ってると思うよ。諦めんと続けてあげてね。」

と励ました。

その病院も三ヶ月で転院を迫られ、崇が見付けた病院はリハビリを中心に回復を目指す治療をした。音楽療法を取り入れ、大阪音大の先生と学生がピアノを演奏しながら歌を歌い、美弥をバランスボールに腹ばいに乗せてリズムに合わせて体を揺らす。美弥が小さい頃歌った歌や好きな曲をリクエストすると、スタッフはみんな笑顔で一緒に楽しんでくれる。何度かやるうちに、懐かしい歌に体を委ねている美弥の目から涙がこぼれるようになった。口腔ケアも受けて、アイスクリームやプリンが食べられるようになった。適切な働きかけ、リハビリを続けることで取り戻せる人間の生命力、回復力の素晴らしさ、不思議さを痛感した。崇は、

「植物人間やと言うた医者に見せてやりたい。」

と言った。私も同じ思いだった。と同時に、世の中には回復の可能性がありながら、植物人間だと決めつけられて、正しい治療やリハビリを受けられず、悔しい意思表示もできず放置されている人がどれ程いることかと考えさせられた。

いくら素晴らしいリハビリをしてもらえても、健康保険で受けられるのは六ヶ月限り。続けようとすれば全額自費負担しなければならなかった。さらにこの病院でも三ヶ月で退院しなければならなかった。崇は自宅介護を選択し、美弥は自宅に戻った。美弥が倒れた時小学校五年生だった息子の和也は中学生になっていた。

美弥の家族と一緒に暮らしていた母は、娘が生死の淵をさまよっている時でも割にケロッとしていた。まだ母を必要とする子どものいる娘が人事不省に陥れば、普通、年老いた自分が代われるものなら代わってやりたいと思うだろう。しかし母は、

「代われるもんなら代わってやりたいやろ？　て言う人いてるけど、私かて、かなんやんかなあ。」

と耳を疑うような言葉を吐き自分の趣味に明け暮れ、崇に無神経な言葉を吐いたりしていたようだ。ある日、崇が思いつめたように勝に、母を引き取って欲しいと訴えた。うつ病で休職中の崇にとって美弥が倒れたことだけでも耐えがたい苦痛だったに違いない。何度も転院を迫られ、その都度病院探し、交渉をするのがどれ程しんどく苦しいことか、私には痛いほど分かった。

母を受け入れるべく、私たち夫婦が寝ていた一階の和室をフローリングにして母が

ベッドを利用できるように、大急ぎで部屋をリフォームし、引っ越しの段取りをした。

母は全く自由人だった。勝に気を遣うでもなく、私をまるで使用人のように扱い、不平不満たらたらだった。自分を育てたあの几帳面で人情厚かった母とは思えなかった。自分の物の洗濯と食事の後片付け以外の家事や手伝いはほとんどしなかった。自分の部屋に本箱と一体になった机があるのに、リビングのテーブルいっぱいに新聞を広げて読んだり、趣味の俳画の道具を広げる。私の居場所がなくなった。軒を貸して母屋取られるという状態になった。

議員を辞める少し前、毎月出していた手書きの議会報告ニュースの４㎜角の文字が書けなくなり、手足の痺れ、長く歩けない症状がひどくなっていたが、なかなか根治治療はできなかった。頸椎の脊柱管狭窄がますます進んでいるようで、医者も手術を勧めた。

後頭部の下半分を剃られ、うつ伏せで脛骨を切り広げる手術を受けた。術後一晩は全く頭を動かすことはできず、非常に苦しかった。

首のコルセットを着けてようやく起き上がれるようになるのに何日かかったのだっ

たろうか。リハビリを含め約七十日間入院した。今も大きな傷痕と、セラミックの人工骨が飛び出している首筋だ。

私の二ヶ月を超える入院の間、一人きりの昼間を好きなように気儘に過ごした母は、ますます遠慮なく、勝と私の暮らしに侵入するようになっていた。

勝は几帳面な性格で、母の自分本位の行動に頻繁にクレームをつけた。夜中まで自室で好きなことをしている母は勝や私への不満を独り言で発散させていた。真夜中に、

「うるさい、うるさい、うるさい！　こせじじい！　クソばばあ！　死ね！」

さすがに聞き捨てにできず、戸を開けて、

「死ね、て誰に言うてんの？　言うてええことと悪いことがあるやろ！」

と非難すると、悪びれた風もなく、

「自分に言うてるねん。年寄りは早よ死んだ方がええねん。」

などと言う。クソばばあにクソばばあと言われる娘ってどういうことやねん、と一人突っ込んでしまう。

認知症が出てきて、症状はだんだん激しくなった。年寄りの言うことと、聞き流せるほど私の神経はタフではなかった。介護保険を利用してデイサービスには行くよう

になったが、どう言っても宿泊を伴うショートステイには頑として行かなかった。私のストレスは耐え難くなり、回復しつつあったうつ病が悪化し始めた。勝もこれ以上の同居は無理だと判断し、京都に住む繁樹に引き取ってもらうことにした。繁樹は長男にもかかわらず両親とも姉と妹に面倒を見させ、全く我関せずであった。私の我慢も限界に達し、母の最期は長男が看取るように迫った。我が家に引き取って八年が経っていた。母も私といることに、母なりにストレスを感じていたようで、繁樹の家に行くことに異論はなかった。

十四　ありのままに

「このままではあかん。まだやり残していることがある。もっとやれるはずや。」

いつも心のどこかに居座っている思いに縛られ続けてきた。思い返せば、大学進学を諦めざるを得ず就職したものの、諦めきれずにデザイン学校で学び、しかし仕事に繋げることができなかった。子育てしながら働き続け、子どもの手が離れたので大学に入ろうかと思っていた矢先に議員にと言われ、思いもかけない十三年半の議員生活の結果、うつ病を発症した。父の介護、母との同居を経てようやく自分のやり残したことに心置きなく取り組めるようになった。

自分の人生はここまで、という思いと、まだやるべきことをやり残しているという思いが交錯していた。

ある日、病院でのカウンセリングの帰り、天啓のように『今のままでええやんか』と思えた。

懸命に働いて、職場で、出産後も働き続けられる道を開拓し、空白地域で議員として街造りに住民の声を反映させる仕事をし、市政の中にいくつかの新たな制度を作る仕事をし、市で初の女性副議長を務め議会を代表して、あれほど憧れ留学を諦めたアメリカの、姉妹都市にも行った。ジェーンには会えなかったし、アーリントン墓地にも行けなかったけれど……。

二人の子どもも社会人として恥ずかしくない人間に育ち、四人の孫に楽しませてもらっている。やりたくてもできなかった趣味を楽しむこともできるようになった。

やっと今の自分をありのままに認めることができるようになった。

父や母が経験した戦争は知らないけれど、私なりに闘ってきた人生だった。子どもや孫に、決して戦争を体験させてはならない。

父や母のように夜を日に継いで働いても食べるに事欠き、経済的な理由で進学を諦め、持てる能力を発揮できずにいる子どもたちが何と多い世の中か。

残された人生は平和が続く社会、真面目に働く人が正当に評価され、人間らしく生きられる社会にするためにできることを続け、子どもや孫に伝えたいと思っている。

完

著者プロフィール

多麻田 真代（たまた まよ）

1948（S23）年大阪市生まれ
高校卒業後、一般企業に就職
1991年４月～2004年9月市議会議員
1997年9月～1998年9月副議長
大阪府在住

戦争は知らないけれど

2021年３月15日　初版第１刷発行

著　者　多麻田 真代
発行者　瓜谷 綱延
発行所　株式会社文芸社
〒160-0022　東京都新宿区新宿1－10－1
電話　03-5369-3060（代表）
03-5369-2299（販売）

印　刷　株式会社文芸社
製本所　株式会社MOTOMURA

ISBN978-4-286-22409-1　JASRAC　出2010432－001